图书在版编目(CIP)数据
延庆卫志略/(清)周硕勋纂修;胡宇芳,李仅校点.北京:
中国书店,2008.10
(北京旧志汇刊)
ISBN 978-7-80663-563-6
Ⅰ.延… Ⅱ.①周…②胡…③李… Ⅲ.延庆县-地方志-
史料 Ⅳ.K291.4
中国版本图书馆 CIP 数据核字(2008)第 123901 号

北京舊志彙刊
延慶衛志略
一函二册
作者 清·周碩勳 纂修 胡宇芳 李僅 校點
出版 中國書店
地址 北京市宣武區琉璃廠東街一一五號
郵編 一〇〇〇五〇
發行 全國新華書店經銷
印刷 江蘇金壇市古籍印刷廠有限公司
版次 二〇〇八年十月
書號 ISBN 978-7-80663-563-6
定價 二八〇元

北京舊志彙刊

延慶衛志略

清·周碩勳 纂修

胡宇芳 李僅 校點

中國書店

開啓北京地域文化的寶庫

——《北京舊志彙刊》序

段柄仁

中華文明源遠流長，其燦爛輝煌、廣博深遠，舉世公認。她爲什么能在悠悠五千年的歷史長河中，不僅傳承不衰，不曾中斷，而且生生不息，歷久彌鮮，不斷充實其内涵，創新其品種，提高其質地，增强其凝聚力、吸引力、擴散力？歷朝歷代的地方志編修，不能不説是一個重要因素。我們的祖先，把地方志作爲資政、教化、傳史的載

體，視修志爲主政者的職責和義務，每逢盛世，更爲重視，常常集中人力物力，潛心編修，使之前映後照，延綿不斷，形成了讓世界各民族十分仰慕的獨一無二的文化奇峰勝景和優良傳統。雖然因歷史久遠，朝代更迭，保存困難，較早的志書多已散失，但留存下來的舊志仍有九千多種，十萬多册，約占我國全部歷史文獻的十分之一。規模之大，館藏之豐，其他種類的書籍莫可企及。

作爲具有三千多年建城史，八百多年建都史的北京，修志傳統同樣一以貫之。有文獻記載的

最早的官修地方志或類似地方志是《燕十事》，之後陸續有《燕丹子》、《幽州人物志》、《幽州圖經》、《幽都記》、《大都圖册》、《大都志》、《洪武北京圖經》、《北平圖志》、《北平志》、《北平府圖志》等。元代以前的志書，可惜祇聞其名而不見其書，都没有流傳下來或未被挖掘出來。現存舊志百餘種，千餘卷，包括府志、市志、州志、縣志、街巷志、村志、糧廳志、風俗志、山水志、地理志、地名志、關志、寺廟志、會館志等，其中較早而又較爲完整的《析津志輯軼》，是從元代編修《析津志典》的遺稿及散存《永樂大典》等有關書籍中輯録而成的。明代最完整的志書《順天府志》也是鈔録於《永樂大典》。其餘的舊志，多爲清代和民國時期所撰。這些十分寶貴的文獻資料，目前散存於各單位圖書館和個人手中。有的因保存條件很差，年長日久，已成殘本，處於急需搶救狀態。有些珍本由於收藏者的代際交替，輾轉於社會，仍在繼續流失之中。即便保存完好者，多數也是長期閉鎖於館庫之中，很少有人問津。保護、整理和進一步研究挖掘，開啓這座塵封已久的寶庫，使其盡快容光煥發地亮起來、站出來，重見天日，具有不可延誤的緊迫性。不僅對新修志書有直接傳承借鑑作用，對梳理北京的文脉，加深對北京歷史文化的認識，提供基礎資料，而且對建設社會主義先進文化，進一步發揮其資政教化作用，滿足人們文化生活正向高層次、多樣化發展的需求，推動和諧社會建設，都將起其他文化種類難以替代的作用，是在北京歷史上尚屬首次的一項慰藉祖宗、利及當代、造福後人的宏大的文化基礎建設工程，具有重大的現實意義，必將産生深遠的歷史影響。

當前是全面系統地整理發掘舊志，開啓這座寶庫的大好時機。國家興旺，國力增强，社會安定，人民生活正向富裕邁進，不僅可提供財力物力支持，而且爲多品種、高品味的文化産品拓展着廣闊的市場。加之經過二十多年的社會主義新方志的編修，大大提高了全社會對方志事業的認同感和支持度，培育了一大批老中青結合的修志人才。在第一輪編修新方志的過程中，也陸續整理、注釋出版了幾部舊志，積累了一定經驗。這些都爲高質量、高效率地完成這項任務提供了良好的條件，打下了扎實的基礎。

全面系統、高質高效地對北京舊志進行整理和發掘，也是一項十分艱巨的任務。需要强有力的領導和科學嚴密的組織工作。爲此，在市地方志編委會領導下，成立了由相關領導與專家組成的北京舊志整理叢書編委會。采取由政府主導，市地方志辦公室、市新聞出版局和中國書店出版社聯合承辦，充分吸收專家學者參與的方法，同心協力，各展其能。需要有高素質的業務指導。實行全市統一規範、統一標準、統一審定的原則。製定了包括《校點凡例》在内的有關制度要求。成立了在編委會領導下的專家委員會，指導和審查志書的整理、校點和出版。對於參與者來説，不僅提出了應具備較高的業務能力的標準，更要求充分發揚脚踏實地、開拓進取、受得艱苦、耐得寂寞、甘於坐冷板凳的奉獻精神，爲打造精品出版物而奮鬥。爲此，我們釐定了《北京舊志彙刊》編纂整理方案，分期分批將整理的舊志，推向讀者，最終彙集成一整套規模宏大的、適應時代需求、與首都地位相稱的高質量的精神產品——《北京舊志彙刊》，奉獻於社會。

丁亥年夏於北京

《北京舊志彙刊》校點凡例

一、《北京舊志彙刊》全面收録元明清以及民國年間的北京方志文獻，是首次對歷朝各代傳承至今的北京舊志進行系統整理刊行的大型叢書。在對舊志底本精心校勘的基礎上重新排印并加以標點，以繁體字竪排綫裝形式出版。

二、校點所選用的底本，如有多種版本，則選擇初刻本或最具有代表性的版本爲底本；如僅有一種版本，則注意選用本的缺卷、缺頁、缺字或字迹不清等問題，并施以對校、本校、他校與理校，予以補全謄清。

三、底本上明顯的版刻錯誤，一般筆畫小誤、字形混同等錯誤，根據文義可以斷定是非的，如「己」「已」「巳」等混用之類，徑改而不出校記。其他凡刪改、增補文字時，或由於文字异同造成的事實出入，如人名、地名、時間、名物等歧异，則以考據的方法判斷是非，并作相應處理，皆出校記，簡要説明理由與根據。

四、底本中特殊歷史時期的特殊用字，予以保留。明清人傳刻古書或引用古書避當朝名諱的，如「桓玄」作「桓元」之類，據古書予以改回。避諱缺筆字，則補成完整字。所改及補成完整字者，於首見之處出校注説明。

五、校勘整理稿所出校記，皆以紅色套印於本頁欄框之上，刊印位置與正文校注之行原則上相對應。遇有校注在尾行者，校記文字亦與尾行相對應。

六、底本中的异體字，包括部分簡化字，依照《第一批异體字整理表》改爲通行的繁體字。《第一批异體字整理表》未規範的异體字，參照《辭源》、《漢語大字典》改爲通行的繁體字。人名、地名等有异體字者，原則上不作改動。通假字，一般保留原貌。

七、標點符號的使用依據《標點符號用法》，但在具體標點工作中，主要使用的標點符號有：句號、問號、嘆號、逗號、頓號、分號、冒號、引號、括號、間隔號、書名號等十一種常規性符號，不使用破折號、着重號、省略號、連接號與專名號。

八、校點整理本對原文適當分段，記事文以

時間或事件的順序爲據，論説文以論證層次爲據，韵文以韵脚爲據。

九、每書前均有《校點説明》，内容包括作者簡况、對本書的評價、版本情况、校點中普遍存在的問題，以及其他需要向讀者説明的問題。

目録

校點説明

《延慶衛志略》，不分卷。清周碩勳纂修，李士宣同校。

延慶衛的建置可以追溯到元武宗至大四年，是時增置居庸關屯軍，立十千户所，置隆鎮萬户府以統之。元仁宗皇慶元年改爲隆鎮衛。明太祖洪武三年於居庸關口置居庸關守禦千户所，隸屬於隆鎮衛。明惠帝建文四年，燕王朱棣改隆鎮衛爲隆慶衛。明穆宗隆慶元年，更隆慶衛爲延慶衛。清康熙三十二年，將永寧衛、靖安堡、周四溝和四海治四處歸并延慶衛。清初延慶衛所轄地東至昌平州七十里，西至昌平州界一十里，北至宣化府延慶州界三十里。延慶衛下轄居庸關地形極爲險要，爲京師北門鎖鑰，具有重要的戰略意義。

周碩勳生於康熙三十八年，卒於乾隆三十八年，字元復，號容齋。楚長沙潙寧（今湖南寧鄉）人。傳記材料據同治六年刻本《寧鄉縣志》卷十五和卷三十一。康熙五十九年舉人。雍正五年補曲周令，乾隆七年調青縣，擢務關漕務水利同知。乾隆十二年，升廣東廉州守，後調潮州。乾隆二十四年，回任護惠潮嘉兵備道篆。前後莅潮七年，潮州大治。因小節忤新任長官，遂乞休歸。潮州人圖其肖像，祠於鳳凰洲。周碩勳歷官三十餘年，居官清廉，圖籍外無長物。於九邊扼要、沿海關隘、兵防屯田、漕運諸大政及歷代治忽興衰之故，無不博覽。遇大事大疑，議論井井有條，所至勸農興學，修水利，興革皆務實。其理政以愛民爲本，不畏豪强。歸里後，杜門以經籍自娱。嘉慶十三年入祀鄉賢祠。除《延慶

衛志略》外，周碩勳還纂修了《潮州府志》和《廉州府志》，見《清史稿·藝文志》。李士宣，據本志人物類，爲河南陳州府淮寧縣（今河南淮陽縣）人，字化九，康熙四十四年武舉人，乾隆七年十二月任延慶衛树循屯堡，纂輯志書。

乾隆七年十二月，李士宣命屬務關同知周碩勳增定衛志。據序文，書成於乾隆十年夏，時周碩勳任潞河務關漕務水利同知。書中載：「景泰初，王師敗於土木。兵部尚書于謙言：『宣府，京師之藩籬。居庸，京師之門户。亟宜守

備。』乃以僉都御史王鋐鎮居庸，修治沿邊關隘。因舊關地狹人稠，度關南八里許古長坡店創建城垣，即今延慶衛也。」志前有周碩勳序。全志内容包括：紀事、關隘（兵防附）、巡幸、山川（古迹附）、屯堡（建置附）、地丁（鹽引附）、經費、學校（風俗附）、人物（選舉附）、驛站、仕宦、藝文等，共十二類。各類目下均有小序，扼要説明本類内容。本志大量引用史書，不少資料都注明出處，但不够嚴謹，有些材料從兩處摘引，却注明同一出處，如巡幸類中：「明永樂八年二月，帝北征。車駕次龍虎臺，遣行在太常寺少卿朱焯祭居庸山川。」前一句原文出自《明史稿·本紀》，但後一句原文則出自《昌平山水記》。此外藝文中作者亦有誤署，如署名宋朝宇文中的《過居庸》詩一首，與《中州集》所收宇文虚中的《過居庸關》詩僅有數字之异。志中材料多從他書節引或摘鈔而來，亦偶有可補他書之缺者，如人物類中的張能，其事迹不見於《明史》諸書，但在本志中有簡略記載。藝文中的《余守備傳》，亦有助於瞭解明末余希祖其人其事。

本書只有鈔本，迄無刻本。本次校點，以臺灣成文出版社影印的乾隆十年鈔本作底本，以北京大學圖書館藏乾隆鈔本（簡稱北大圖藏鈔本）和國家圖書館藏乾隆鈔本（簡稱國圖藏鈔本）作參校本，同時還參校《日下舊聞考》《昌平山水記》《明史稿》等書。北大圖藏鈔本有缺頁，山川類中的玉關天塹、翠屏山、金櫃山、鳳凰山、羅漢山、丫髻山、五龜山、壽星山、羊頭山、轉輪山、天馬山、駐蹕山、香山、濕餘水、賢莊口、鎮龍衛等內容脱落。國家圖書館所藏鈔本其行款與底本一致，仿宋字體，開卷瞭然。北大和國圖所藏均只注明乾隆鈔本，沒有具體時間。

本志原無目録，爲方便閱讀，僅據書中類目予以補作。

書中不妥之處，尚請讀者指正。

胡宇芳　李僅

歲在戊子春

《延慶衛志》序

神京北枕居庸，層巒叠嶂，扼要争奇，俯視畿輔，控制邊關。延慶一衛，固儼然重地也。明季兵燹，舊志缺亡。國朝承平日久，偃武修文，各省衛治多分隸州縣，凡山川人物，皆散見於州縣志中，故衛志完書絶少。〔注一〕延慶爲宣、雲孔道，軺車絡繹，驛務殷繁，州縣鞭長莫及，仍存衛制。今日延慶之不可無志，〔注二〕視州縣爲亟亟。舊志荒略，因陋就簡久矣。

中州李公以孝廉出宰岩疆，衛民愛之如邵父杜母，惓惓以志書未修爲念。乾隆乙丑秋，聖駕巡狩多倫諾爾，由宣府度居庸回鑾。余奉簡書，勷役居庸。公出舊志一編，屬余增定。乃於旅邸含毫吮墨，博訪故老，搜羅載籍，〔注三〕提綱挈領，類分十二，補舊志所未逮，以應李公之請。若夫精詠淹博，將以俟之來兹。敢曰：「徵文考獻，其在斯乎！」昔太史公周游天下，登嵩、岱，涉江、淮，感激豪宕，以發其滉漾無涯之思。故其文卓絶，百代稱良史。余縱覽居庸山川，游心騁目，茫乎其無所得，恨與古人志趣相隔雲泥。後之君

〔注一〕「志」，原爲「治」，據北大圖藏鈔本改。

〔注二〕「今」，原爲「令」，據北大圖藏鈔本改。

〔注三〕「籍」，原爲「稽」，據北大圖藏鈔本改。

子，掩卷興懷，將謂我爲何如也？

乾隆十年歲在乙丑長至日楚長沙溈寧

周碩勳題於潞河務關官署

延慶衛志略

衛守備中州李士宣同校
楚長沙潙寧周碩勳編輯
衛學訓導保安王隆參訂
拔貢生盩厔縣丞張欲達詮次

紀事

延慶衛乃古上谷地，控制關山，昔爲形勝之區，又爲用武之地。自燕、秦以及五代之季，幾戰幾争，生民之塗炭極矣！其間幸際承平，得安於無事者，皆廟堂之賜也。上下數千百年間，凡見諸載藉者，搜羅采輯，以俟後之籌邊者考訂焉。其大要可知也。

秦滅燕，命蒙恬築長城，起臨洮，至遼東，延袤萬里。《史記》

居庸關在昌平西北四十里。元翰林學士王惲謂：始皇築長城，居息庸徒於此，故以名焉。《呆齋稿》

居庸南臨都軍，因名都軍關。北齊改爲納款關。〔注一〕《括地志》

居庸關亦名薊門關。《十道志》居庸關亦謂之冷

〔注一〕「關」，原爲「閣」，據北大圖藏鈔本改。

陘。《問次齋稿》。

太行山南自河陽懷縣迤湟北出，直至燕北，無有間斷。此其爲山不同他地。蓋數千百里，自麓至脊，皆險竣不可登越。獨有八處，粗通微徑，名之曰「陘」。八陘：一軹關陘，二太行陘，三白陘，四滏口陘，五井陘，六飛狐陘，七蒲陰陘，八都軍陘。居庸關者，其最北之第八陘也。此陘東西横亘五十里，而中間通行之地，才闊五步。《北邊備對》。

居庸關在上谷沮陽城東南六十里，絶谷累石，[注一]崇墉峻壁，山岫層深，側道褊狹，林障邃險，路僅容軌。曉禽暮獸，寒鳴相合，羈官游子聆之，莫不悲傷。《水經注》。

居庸關在順天府北一百二十里，兩山夾峙，一水旁流。關跨南北四十餘里，[注二]懸崖峭壁，最爲要險。關南重巒叠嶂，吞奇吐秀，蒼翠可愛，爲京師八景之一，名曰居庸叠翠。《一統志》。

羅璧《識遺》曰：「河北以居庸爲要關，[注三]居燕百里外，即漢上谷郡。[注四]其山西連太行，東亘遼海，[注五]狼居胥諸山爲襟帶。關南相通處，路繞兩崖間。風起，人行或爲所掀。彭文子謂：『隘如綫，側如傾，其峻捫參，其降趨井。』

[注一]「谷」，原爲「古」，據北大圖藏鈔本改。

[注二]「十」，原爲「千」，據國圖藏鈔本改。

[注三]「爲」字，原爲「關」，據國圖藏鈔本改。

[注四]「上」，原脱，據北大圖藏鈔本補。

[注五]「亘」，原爲「垣」，據北大圖藏鈔本改。

下有澗，巨石磊塊，凡四十五里，艱折萬狀。山北寒氣先山南兩月。」在大都東北一百二十里。至關南口入關，山行四十五里，出北口。《通鑑綱目》。

使者入上谷，耿况迎之於居庸關。《後漢書》

漢建武十五年，徙雁門、代郡、上谷三郡民，置常山、居庸關以東。《後漢書》

漢安帝元初五年冬，鮮卑入上谷，攻居庸關。建光元年，復寇居庸。《後漢書·鮮卑傳》

公孫瓚攻拔居庸，生擒劉虞。《後漢書》本傳。

居庸關南口亦謂之西關。「田疇自選家客二十騎，上西關，出塞，傍北山，直趣朔方」是也。〔注一〕《三國志》

晋惠帝元康四年，居庸地裂，廣三十六丈，長八十四丈，水出。《晋書·五行志》。

晋成帝咸康六年，慕容皝帥諸軍入蠮螉塞，直抵薊城。永和六年，慕容儁使慕容霸將兵二萬，自東道出徒河，慕輿千自西道出蠮螉塞。又太元十年，慕容垂遣慕容農出蠮螉，即居庸音轉耳。《方輿紀要》。

魏道武伐燕，遣將軍封真等從東道出軍都，

〔注一〕「趣」，原爲「起」，據《三國志·田疇傳》改。

襲幽州。亦謂之渾都。《史記·絳侯周勃世家》「屠渾都」是也。《經世挈要》。

宋文帝元嘉間，聞魏世祖殂，欲謀北伐。青州刺史劉興祖以宜長驅中山，據其險要，西拒太行，北塞都軍，若能成功，清壹可待。《南史》

魏明帝孝昌元年，杜洛周聚衆反於上谷。魏以幽州都督元譚討之，自盧龍塞至都軍關，皆置戍守，元譚屯兵居庸關。《魏書》

齊文宣帝天保五年十二月，帝北巡至達速嶺，覽山川險要，將起長城。六年，發夫一百八十萬人築長城，自幽州北夏口即今南口。至恒州，九百餘里。《北齊書》

則天時，侍御史桓彥範受詔於河北斷塞、居庸、岳嶺、五迴等路，以備突厥。《舊唐書》

唐武宗會昌元年，張仲武討幽州，遣軍吏吳仲舒奏狀言：「幽州糧食，皆在嬀州及北邊七鎮，萬一未能入，則據居庸關，絶其糧道，幽州自困矣。」《通鑑》

昭宗乾寧元年，晉王李克用破新州，李匡籌發兵出居庸關，克用使精兵夾擊之，匡籌敗走，進

軍幽州。《舊唐書》

遼太祖神册二年，遣兵攻晉，幽州節度使周德威以兵拒於居庸關之西，〔注一〕合戰於新州東，大破之，斬首三萬餘級。六年，晉新州防禦使王郁以所部山北兵馬來降，帝率大軍入居庸關。《遼史》

聖宗統和四年，遣使賜樞密使耶律斜軫密旨及彰國軍節度使杓窊印以趨征討。又詔兩部突騎赴蔚州，以助蕭撻覽。橫帳郎君老君奴率諸郎君巡徼居庸之北。九月，以大軍南征，次儒州。

十月，命新州節度使蒲里打選人分道巡檢。甲辰，出居庸關。《遼史》

延禧保大二年，金人逼行宫，遼主率衛兵走雲中。十一月，聞金兵至奉聖州，率衛兵屯於落昆髓，蕭德妃以勁兵守居庸，崖石自崩，戍卒壓死，不戰而潰。《遼史》

金天輔六年十二月，伐燕京。宗望率兵七千先至，〔注二〕迪古乃出得勝口，銀术哥出居庸關，〔注三〕婁室、婆盧火爲左右翼，取居庸關。丁亥，次嬀州。戊子，次居庸關。《金史·太祖本紀》。〔注四〕

〔注一〕「周」，原爲「用」，據《遼史·太祖紀上》改。

〔注二〕「宗」，原脱，據北大圖藏鈔本補。

〔注三〕「术哥」，原爲「木奇」，據《金史·太祖本紀》改。

〔注四〕「紀」，原爲「傳」，據《金史》改。

金胡石改從婁室擊敗遼兵二萬於歸化之南，遂降歸化。從取居庸關及其山谷諸屯。《胡石改傳》。

天輔七年，金温迪罕蒲里特自儒州至居庸關，執其喉舌人。《温迪罕蒲里特傳》。

天會元年，以斡魯爲都統，斡离不副之，使襲遼主於陰山。至居庸關，獲林牙耶律大石。《金史·太祖本紀》。〔注一〕

大定二年，詔居庸關稽察契丹奸細，捕獲者加官賞。《金史·世宗本紀》。

大安三年，元兵來侵，千家奴、胡沙敗績於會河堡，居庸失守。《金史·衛紹王本紀》。

金大安三年八月，元及金師戰於宣平之會河川，敗之。九月，拔德興府，居庸關守將遁去。是月，察罕克奉聖州。《元史·太祖本紀》。

元師伐金。金人恃居庸之塞，冶鐵錮關門，〔注二〕布鐵蒺藜百餘里，守以精鋭。札八兒使金還，太祖進師，距關百里不能前，召札八兒問計。對曰：「從此而北黑樹林中有間道，騎行可一人。臣向嘗過之。若勒兵銜枚以出，終夕可至。」太祖乃令札八兒輕騎前導。日暮入谷，黎

〔注一〕「太祖」，原爲「文宗」，據《金史》改。

〔注二〕「錮」，原爲「銅」，據《元史·扎八兒火者傳》改。

［注一］「帥」，原爲「師」。「琪」，原爲「瑱」。均據《元史·太祖本紀》改。

［注二］「與」，原脱，據國圖藏鈔本補。

明，諸軍已在平地，疾趨南口，金鼓之聲自天而下，金人猶睡未知也。比驚起，已莫能支吾，鋒鏑所及，流血蔽野。關既破，中都大震。《元史·札八兒傳》。

元太祖八年七月，元克宣德府，遂攻德興府，拔之。進至懷來，及金行省完顏綱、元帥高琪戰，［注一］敗之，追至北口，金兵保居庸。契丹訛魯不兒獻北口，遮別遂取居庸。《元史·太祖本紀》。

武宗至大四年，增置居庸關屯軍防守四十三處，立十千户所，置隆鎮萬户府以統之。仁宗皇慶元年，始改爲隆鎮衛。《元史·兵志》。此置衛所由來也。

致和元年七月，泰定帝崩於上都。樞密使燕帖木兒迎懷王於江陵，立爲皇帝。八月，調諸衛軍守居庸關。梁王王禪等與其黨，［注二］率兵自上都分道犯京師，次榆林。九月，燕鐵木兒督師居庸關，遣撒敦以兵襲上都兵於榆林，擊敗之，追至懷來而還。《元史·文宗本紀》。

元至正十九年，子規啼於居庸關。《瓊臺會稿》。

至正二十三年三月辛巳，樞密副使朵兒只以賊犯順寧，命鴉鶻由北口出迎敵。二十四年三月壬寅，秃堅鐵木兒兵入居庸關。癸卯，知樞密院事也速，〔注一〕詹事不蘭奚逆戰於皇后店。七月丙戌，孛羅帖木兒前鋒軍於居庸關，皇太子親率軍禦於清河，也速軍於昌平，軍士皆無鬥志，皇太子馳還都城。《元史·順帝紀》。

明太祖洪武元年，元擴廓帖木兒將由保安，徑居庸，以攻北平。徐達、常遇春乘虛襲太原。擴廓至保安，還軍救之。達遣精兵夜襲其營，擴廓以十八騎北走，擁兵侵掠塞上，西北邊苦之。《元史·戞擴廓帖木兒傳》。

建文元年秋七月，燕王棣舉兵反。都指揮俞瑱走居庸關，都督宋忠退保懷來。〔注二〕己卯，陷居庸。甲申，陷懷來。宋忠、俞瑱皆力戰死。丙戌，谷王穗奔京師。《明史·建文帝紀》。

洪武三十二年，改隆鎮衛爲隆慶衛。靖難兵起，燕王曰：「居庸關路狹而險，北平之襟喉也。百人守之，萬夫莫窺。必據此，乃無北顧憂。」永樂二年，添置隆慶左右二衛，領千户所五。分布官軍，屯田於關山南北，俾且耕且守，額軍一萬四千有奇，以爲京師北面之固。《方輿紀要》。

穆宗改元，因衛名與年號同，改隆慶衛爲延

〔注一〕「速」，原爲「達」，據《元史·順帝紀九》改。

〔注二〕「忠」，原爲「志」，據《明史·恭閔帝紀》改。

慶。《明紀》

懷宗十七年甲申三月十二日，闖賊李自成破居庸關，八達嶺守備余希祖死之。《軼史》

闖賊長驅入京，復留餘孽虎踞關門。軍民大遭荼毒。本朝定鼎，命四固山蕩掃寇氛，遴委副將石萬鐘駐居庸，勞來安集，一二遺黎，始慶更生。舊志

雍正二年，奉文裁衛。以八達嶺爲界，嶺東南歸并昌平州，西北歸并延慶州。本衛士民余兆龍、王廷立、陳世維、楊天標等，將種種不便情由，籲請仍舊。制院李公維鈞題留，仍屬衛治。舊志

關隘 兵防附

居庸爲薊鎮三關之一。嘗論大寧、興和、開平等大邊，猶外垣也。三關，其内户也。自井陘西北數百里，崇崗複嶂，扼爲居庸，爲神京北門鎖鑰，與紫荆、倒馬二關，俱近在肘腋。《易》曰：「王公設險，以守其國。」所由來也久矣。歷朝以來，幾費經營，前人之勞迹，何可忘也！

居庸南口關，夾澗而城，左右可三四十步。行十五里，峰回路轉，有城翼然而立者，實爲居庸。地勢較廣而險倍之。又十里，則居庸上關。再上二十五里，至八達嶺。蓋由南口至是，凡五十里。岩巒複合，兩崖如削，所謂「一夫當關，萬夫莫前」者也。《偵宣鎮記》。

居庸關南口有城，南北二門。《魏書》謂之下口。《常景傳》「都督元譚據居庸下口」是也。《北齊書》謂之夏口。《昌平山水記》。

按：南口城距衛城十五里，前明永樂二年建，崇禎十二年重修。東西城環跨兩山，開設南北城門，顔其額曰「關南鎖鑰」。民廬市廛，頗稱稠密。北來者自八達嶺進關，溝四十餘里，群山環抱，鳥道羊腸。至此稍覺開爽，是又一境界也。門垣年久朽壞。雍正十二年，衛守備駱飛熊請帑修葺。

明太祖既定中原，付大將軍徐達以修隘之任，即古居庸關舊址，壘石爲城。即今上關。景泰初，王師敗於土木，兵部尚書于謙言：「宣府，京師之藩籬。居庸，京師之門户。亟宜守備。」乃以僉都御史王鉉鎮居庸，修治沿邊關隘。因舊關地狹人稠，度關南八里許古長坡店創建城垣，即今延慶衛城也。周圍一十三里三十七步有奇。東

跨巽山之上，而跨兑山之巔。南北二面，築於兩山之中，高四丈一尺，厚二丈六尺。東西兩面，依山建築，高厚不等。東山之下開水門二道，以資山水宣泄之路。内外城樓炮臺，計二十有二。憲宗成化七年，兵科給事中秦崇上言，請重修居庸等關。謂「富家尚高墻壘以防寇盜，况國都乎？」所司因循未便，上敕巡關御史督修之。舊志

按：《四鎮三關志》以今延慶衛城爲洪武時所建，據本衛舊志以爲創自景泰初年。以應從舊志爲是。

居庸關前明戍守邊界：東至西水峪口黄花鎮界九十里，西至鎮邊城堅子谷口紫荊關界一百

二十里，南至榆河驛宛平縣界六十里，北至土木驛宣府界一百二十里。《四鎮三關志》。

自南口而上，兩山之間一水流焉，而道出其上。十五里爲關城，跨水築之。有南北二門。前明以參將一人、通判一人、掌印指揮一人守之。又設巡關御史一員，往來居庸、〔注一〕紫荆二關按視焉。《昌平山水記》。

上關城即古居庸關舊城也。前明自大將軍徐達經理後，永樂二年重修。宣德間，工部侍郎許廓又重修。景泰以後，建衛城於古長坡店，上關居民寥寥。康熙五十四年，山水陡發，西崖巨石沖塌而下，致將北門堵塞，行旅不通。欽差內務府趙□用壯夫千百，轉移不動。後以醋淬火煅，督石工鑿之，旬日乃裂。其石迹磈磊，猶當道未去也。乾隆十年乙丑，本衛守備李士宣修治，得成坦途。關城坍塌者，請帑補葺。

八達嶺，元人所謂北口是也。以守備一人守之。自八達嶺下視居庸，若建瓴，若闚井。〔注二〕故昔人謂居庸之險，不在關城，而在八達嶺，而岔道又八達嶺之藩籬。元人於北口設兵，洵得

〔注一〕「又設巡關御史一員，往」，原爲空白，據北大圖藏鈔本補。

〔注二〕「闚」，原爲「闢」，據北大圖藏鈔本改。

地形之便者。《昌平山水記》。

八達嶺去關北三十里，墉垣漸崇，驅馬而南，勢若建瓴。先年經略大臣創城置守於此，誠得扼險之要。《四鎮三關志》。

八達嶺爲居庸外關，宣、雲孔道，通獨石、張家、殺虎三口。城垣跨東西兩山之中。明孝宗弘治十七年甲子，經略邊務大理寺卿吴一貫規畫創修。武宗正德十年，北虜入寇，由大白羊掠八達嶺，將窺居庸。允兵部尚書王瓊之請，以都督劉暉，參將桂勇、賈鑑等屯兵戍守。增修八達嶺邊墻，跨東山至川草花頂，上以峻山爲限，迤東接横嶺口，復接黄花路驢兒駝界，西接石峽峪，至鎮邊路白羊城軟棗頂。沿邊汛防兵，長一百三十一里二分，設樓臺九十座。舊志

謹按：國家守在四夷，漢南北皆成內疆。〔注一〕守衛既密，邊計自嚴。所謂「衆志成城，不待兵威而四夷賓服」。〔注二〕何況京城百里之外哉！所有附近本衛沿邊隘口及前明兵制録之，〔注三〕以備參考。

居庸重鎮，時平爲上谷之襟喉，事亟真北門之鎖鑰。不惟雄臨朔漠，抑且險類崤函。〔注四〕關西各隘，自晏磨峪口起至紫荆關沿河口，共二十七處，〔注五〕俱係山前隘口。自火石口起至合河口

〔注一〕「漢」，原爲「漠」，據北大圖藏鈔本改。
〔注二〕「待」，原爲「時」，據國圖藏鈔本改。
〔注三〕「制」，原爲「志」，據國圖藏鈔本改。
〔注四〕「崤函」，原爲「峭函」，據《日下舊聞考》改。
〔注五〕「共」，原爲「兵」，據北大圖藏鈔本改。

止，〔注一〕兼懷來各隘，共九處，俱係山後隘口。前後相距遠近不同，或七八十里，或四五十里，山川錯雜，〔注二〕路徑紆迴，林密地險，寇不得馳。《東田集》

居庸路東自門家谷口，西至糜子谷口，延袤一百五十里。南至關，北至永寧城。隘口二十。灰嶺下隘口十：門家谷口，灰嶺口，賢莊口，錐石口，鴈門口，德勝口，虎谷口，〔注三〕雙泉口，養馬谷，西山谷，俱嘉靖十五年建。邊城二十六里，附墻臺七座。八達嶺下隘口七：石佛寺口，青龍橋東口，王瓜谷，俱永樂年建。八達嶺口，弘治年建。黑豆谷，化木梁，于家衝，俱永樂年建。邊城二十四里半，附墻臺四座，空心敵臺四十三座。石峽谷下隘口三：花家窑，石峽谷口，糜子谷口，俱永樂年建。邊城一十六里，附墻臺十座，空心敵臺二十五座。《四鎮三關志》。

由棗園寨至居庸路界分水嶺，三里。門家谷口山勢重疊，然通白龍潭路，極衝。又三里至灰嶺口，〔注四〕內外寬漫，極衝。又三里至賢莊口，本口路隘，通永寧南山塔兒，來騎，次衝。又七里至錐石口，兩山險峻，林木稠密，〔注五〕中有河，外通塔兒谷，衝。又五里至鴈門口，外險內

〔注一〕「自」，原爲「白」，據北大圖藏鈔本改。

〔注二〕「雜」，原爲「離」，據北大圖藏鈔本改。

〔注三〕「谷」，原爲「峪」，據《日下舊聞考》改。

〔注四〕「嶺」，原爲「積」，據北大圖藏鈔本改。

〔注五〕「木」，原爲「下」，據《日下舊聞考》改。

平。又五里至德勝口，山勢高險，中有大河水，外通大小紅山，衝。又九里至虎谷口，外險内平，不通騎，緩。又五里至養馬谷，在南口門，緩。川草花頂山勢，内外高險，人馬難行。三里至石佛寺口，正口兩山壁立，中通溝，路難行。又三里至青龍橋東口，山勢内平外險。又三里至黄瓜谷口，亦内平外險。又三里至八達嶺，内外平漫，爲宣、大咽喉，極衝。又三里至黑豆谷，内外平漫，威靖墩至衝谷墩，通衆騎，餘通騎，衝。又三里至化木梁，内險外平，人馬可行。又二里至于家衝，正城迤東一空，通單騎。迤西青石頂墩通于家溝，俱通衆騎，衝；餘通步，緩。青石頂山勢，外平内險。三里至花家窑，内外高險，龍芽菜溝通單騎。城東頭至西頭，水口平漫，通衆騎，極衝。又三里至石硤口，城東至石崖子口。又西山墩至鎮鹵墩，俱通單騎，衝。又三里至糜子谷，正關水口并鎮西墩至南山墩通陳家墳，俱平漫，通衆騎，極衝；餘通步，緩。《三鎮邊務統要》。

明經略邊關右副都御史李瓚，以居庸關西路灰嶺口上常峪地方，外接懷來，所轄隘口計一十二處，經寇出沒，請添設城堡，以控險要。乃築灰嶺口城，六百八十丈有奇。上常峪城減十之五，各立樓櫓、鋪舍，於正德十六年五月訖工。議名灰嶺口曰「鎮邊城」，上常峪曰「常峪城」。調別堡軍士屯守，灰嶺口千人，上常峪三百人，改設守禦千户所及倉場官吏。兵部覆奏，從之。《明世宗實録》。

橫嶺路東自軟棗頂，西至桂枝庵，延袤一百二十里。〔注一〕南至居庸關，北至懷來城。隘口三十有九。白羊口下隘口八：軟棗頂，永樂年建。石板衝，牛臘溝，俱嘉靖二十二年建。西山安，永樂年建。桑木頂，嘉靖二十三年建。東黄鹿院，〔注二〕秋樹窪，西黄鹿院，俱嘉靖四十四年建。邊城一十一里，附墻臺三座，空心敵臺一十九座。長谷城下隘口七：茶芽駝，沙兒嶺，〔注三〕窟窿山，鏡兒谷，分水嶺，銀洞梁，俱永樂年建。轎子頂，嘉靖二十五年建。邊城一十五里，附墻臺一座，空心敵臺二十三座。橫嶺下隘口一十四：〔注四〕黄石崖，東涼水泉，西涼水泉，火石嶺，寺兒梁，東核桃衝，西核桃衝，大石溝，陡嶺口，鶯窩坨，小山口，姜家梁，倒翻衝，廟兒梁。邊城三十一里，附墻臺三座，空心敵臺二十八座。鎮邊城下隘口十：柳樹窪，永樂年建。黑衝

〔注一〕「袤」，原爲「慶」，據《日下舊聞考》改。

〔注二〕「黄」，原爲「廣」，據《日下舊聞考》改。

〔注三〕「兒嶺」，原文互乙，據《日下舊聞考》改。

〔注四〕「一」，原爲「臺」，據《日下舊聞考》改。

谷，車頭溝，尖山頂，北唐兒庵，南唐兒庵，水門，松樹頂，秋樹窪，俱嘉靖三十年建。桂枝庵，嘉靖三十八年建。邊城二十一里，附城臺五座，空心敵臺三十二座。《四鎮三關志》。

由糜子谷口六里至軟棗頂，正關東北，山勢險峻，止通單騎，口外平溝，內薄梁，極衝。又三里至牛臘溝，內外山峻，牽馬可上。又二里至桑木頂，外梁平，內山險，可通單騎。又一里至黃鹿院，山梁高險，牽馬可上。又四里至茶芽坨西界，內外山峻，牽馬可上。又二里至沙兒嶺，可通人馬，次衝。又二里半至窟窿山，正關外平溝，有山

梁，可通大舉。又二里至鏡兒谷，山峻，牽馬可上。又二里至分水嶺，內外平漫，可通大舉，極衝。又二里至銀洞梁，內險外平，次衝。又一里至轎子頂，〔注一〕西黃石崖，通單騎，衝。又一里半至東涼水泉，山梁平漫，通騎，次衝。又一里至西涼水泉，山薄梁平，可行人馬，極衝。又一里半至火石嶺門，外溝平闊，通大舉，極衝。又二里至寺兒梁，山稍峻，通單騎。又一里至東核桃衝，山梁可通步騎，次衝。又一里至西核桃衝，山勢平漫，通騎，次衝。又二里至大石溝水口，內平外漫，通

〔注一〕「轎」，原爲「橋」，據《日下舊聞考》改。

大舉，極衝。又一里半至陡嶺口，〔注一〕外險内漫，通步。又二里至鶯窩坨，外懸崖，内山高峻，緩。又一里半至小山口，山險，牽馬可上。又二里至姜家梁，山險，通單騎，次衝。又二里至倒翻衝，有水口，内外平漫，通大舉，極衝。又五里至廟兒梁西柳樹窪界，内外平漫，〔注二〕極衝。又六里至黑衝谷，平漫，通騎，極衝。又三里至車頭溝，外平内險，通單騎，次衝。又二里至北唐兒庵，有水口，内外平漫，可通大舉。又二里至南唐兒庵，外險内平，牽馬可行，又四里至松樹頂，山險，僅通步，緩。又四里至桂枝庵。迤西係邊尾，俱重山疊障，不通步騎。《三鎮邊務總要》。

明宣宗宣德四年，兵部尚書趙玨議調隆慶左衛指揮千户官二員，帶兵二百五十名，移駐永寧，防護天壽山陵寢。之後又調右衛指揮千户官二員，帶兵二百五十名，移駐懷來，以防西北咽喉。舊志

按：前明邊疆多故，自嘉靖、隆、萬間，所設關塞、兵馬、錢粮，數倍於昔。考《内三關圖表》，居庸所轄撞道等口、墩、寨七十有

〔注一〕「口」，原爲「兒」，據《日下舊聞考》改。

〔注二〕「内」，原爲「平」，據北大圖藏鈔本改。

三，城二，堡三。屬馬步官軍一萬三千七百六十二員名。粒米二千六十石。新增餘地折色銀三百五十兩。餘丁承稔米三百三十石。馬四百二十二匹。東路撞道口，口一十三，俱無住城，横石墻一道，共馬步官軍一百七十八員名。中路雙泉等口三十六，俱無住城，横石墻一道，内除白羊口堡兵馬步官軍七百十七員名。白羊口堡小石城一座，馬步官軍五百八十一員名。馬六十匹。迤西六墩，軍四千名。西路柏峪等口三十七，俱無住城，横石墻一道，有鎮邊城一座，内除長峪城兵馬步官軍五百三十三員名。長峪城一座，馬步官軍二百七十二員名。《明職方圖》。

論曰：明之邊防固矣。其後李自成取徑居庸，如入無人之境。非設險之不足恃。孟子曰：「地利不如人和。」信哉！

國朝雍正年間，居庸路兵馬、錢糧定額，馬步兵五十三名，守兵二百九名；每歲俸餉、馬乾、米折等，銀五千八百一十四兩三錢九分零。《畿輔通志》。

八達嶺設把總一員，帶兵巡防隘口五處：青龍橋口，石佛寺口，黄瓜峪口，大于家衝口，小于家衝口。石峽峪在關西山内，設把總一名，帶兵巡防隘口三處：小石峽峪口，花家窑口，㲼子峪口。橫嶺口在關東明陵山後，設把總一名，帶兵巡防隘口五處：門家峪口，賢莊口，錐石口，德勝口，雁門口。舊志

〔注一〕「恪」，原爲「恰」，據北大圖藏鈔本改。

〔注二〕「車駕」至「山川」，原文出自《昌平山水記》。

〔注三〕「車」，原爲「軍」，據國圖藏鈔本改。

〔注四〕「令」，原爲「今」，據《明史稿·本紀五》改。

巡幸

衛治密邇京畿，爲車駕往來必經之路。歷朝治亂興衰之迹，昭然可考。恭逢聖人作而萬物睹，翠華所至，布德施仁。關山草木，胥被恩榮。其慶幸何如哉！莅兹土者，宣主德而達下情，尤當恪恭乃職，〔注一〕以贊太平盛事焉可也。

元世祖至元十九年八月，幸上都，駐蹕龍虎臺。《元史·本紀》。

至元二十七年，地震。帝駐蹕龍虎臺，召集賢、翰林兩院官，詢致灾之由。《元史·列傳》。

文宗駐蹕龍虎臺，馬祖常應制賦詩，尤被嘆賞，謂「中原碩儒，唯祖常云」。《元史·本傳》。

順帝元統初，陳灝扈蹕，行幸上都，至龍虎臺、帝命造膝前而握其手曰：「卿累朝老臣，更事多矣。凡議改事宜，極言無隱。」灝頓首。《元史·本傳》。

明永樂八年二月，帝北征，車駕次龍虎臺，遣行在太常寺少卿朱焯祭居庸山川。〔注二〕二十年九月，征阿魯台，車駕次龍虎臺，〔注三〕饗隨駕將校。二十一年七月，征阿魯台。戊申，次宣府，敕居庸關守將止諸司進奉，毋令出關。〔注四〕十一月班師，車駕次龍虎臺，賜文武大臣及忠勇王金忠宴。《明史稿·本紀》。

宣宗宣德五年十月，帝巡近郊，車駕次龍虎臺，召英國公張輔等至幄中，問郊外民事，賜酒饌已外，獵於岔道。丙戌，至洗馬林，遍閱城堡邊備。〔注一〕《明史稿·本紀》。

宣德九年九月，帝巡邊。乙酉，度居庸關。丙戌，獵於岔道。《明史稿·本紀》。

正統十四年，己巳秋七月，王振挾天子率師親征，至龍虎臺安營。方一鼓，衆皆虛驚，知爲不祥也。《古穰雜録》。

丁酉，六師次居庸關。群臣請駐蹕，不許。辛丑，至宣府，遂如大同。八月庚戌，六師東還。丁巳，至宣府。庚申，瓦剌乜先兵大至，恭順侯吴克忠等全軍盡覆。辛酉，六師次土木，敵兵乘之，乜先擁帝北去。

景泰元年八月，乜先送上皇還京，至居庸關，巡關御史王洪等迎接。〔注二〕進膳畢，至唐家嶺，學士商輅等迎接。次日進京。《臨戎録》。「乜」音末，番姓，作「也」誤。

正德十二年八月，帝出居庸關，御史張欽諫

〔注一〕「閱」，原爲「關」，據《明史稿·本紀七》改。

〔注二〕「御」，原爲「巡」，據北大圖藏鈔本改。

阻，乃還。數日復出，命太監谷大用守關，無出京朝官。

順治元年，本朝定鼎，命親王統領禁旅，廓清秦晉，悉由居庸關出入。順治二年丁亥，世祖章皇帝巡邊，車駕幸居庸關，出張家口。順治十六年己亥，行圍畿甸，駕幸居庸關北門。回鑾，臣庶兩覲龍顏，咸舉手加額，曰：「不圖今日復見太平。」

康熙十一年壬子，聖祖仁皇帝行圍赤城，車駕幸居庸關。三十五年丙子，聖祖仁皇帝率諸王大臣暨八旗官兵，躬討噶爾丹，幸居庸關，由獨石口出塞。恭録宸章，想見太平景象，俾臣民〔注一〕捧誦，百世不忘。

暮秋重出居庸關

亂榆叢柳未經霜，峻嶺崇巒曉色蒼。峽裏細泉流不竭，仍聞太古韵鏗鏘。

再度居庸關

草木永甲圻，年光屬早春。三番勞遠馭，一舉本勤民。峽暖泉聲動，風和鳥噪新。會看歌凱入，景物盡還淳。

〔注一〕「民」，原爲「名」，據國圖藏鈔本改。

入居庸關

始和羽騎出重關，風動南薰整旆還。凱奏捷書傳朔塞，歡聲喜氣滿人寰。懸崖壁立垣墉固，古峽泉流晝夜間。〔注一〕須識成城惟衆志，稱雄不獨峙群山。

乾隆十年乙丑，皇上行圍多倫諾爾。七月，由密雲縣古北口出塞。九月，進張家口，由居庸關回鑾。凡車駕經過地方，蠲免錢糧十分之四，本年宣府、昌平等屬，偶被偏災，特沛恩綸，從優賑恤。蓋省斂以助不給，先王之觀也。而勤民之中，所歷名勝，不忘題咏，亦猶彈五弦琴，歌南風操，解吾民之愠耳。謹録宸章於後。

過彈琴峽

大地作琴聲，迦葉亦如是。何待柴桑翁，挂壁始寓意。此峽曰彈琴，誰與標名字？岩谷夐而幽，石泉清且泌。野菊小於錢，十三星點綴。動操四山響，〔注二〕萬籟紛丹翠。鐘期未賞識，成連應走避。一洗筝琶耳，妙契烟霞思。

〔注一〕「晝」，原爲「畫」，據上下文意改。

〔注二〕「操」，原爲「作」，據北大圖藏鈔本改。

山川 古迹附

神京北枕居庸，凡峙而爲山，流而爲川，皆爲拱衛而設。宇宙扶輿，磅礴之氣，蘊涵獨厚，所在古迹，俱有奇觀。俯仰憑吊之餘，概然想見古之豪杰。不僅爲游覽之盛事已也。

叠翠聯峰 距衛南九里，層巒聳翠，雲斷峰連，遠近觀望，若螺髻然。昔年與明陵天壽山接脉，禁止樵采。樹木陰翳，黄羊麋鹿往來不絶，爲畿北名勝。

雲臺石閣 在關城南門内。元時建永明寶相寺，又壘石爲臺，連建三大塔於通衢。臺基如樵樓，而竅其下以通車馬。刻佛像及經，有漢字，亦有番字。元泰定三年建。葛邏禄《迺賢詩序》所稱「三塔跨於通衢」是也。明初，三塔已亡其二。[注一]正統十二年，因舊存塔基，建佛殿五楹。遠望如在雲端。康熙四十一年五月，毁於火。舊志云元至正五年建，或從此重修，亦未可知。

虎峪晴嵐 距南口東十八里，山勢磅礴如虎踞。登臨遠眺，第見晴嵐映日，俯視塵寰，常有飄飄欲仙之態。

駝山香霧 關南一帶山景，其叠翠山接連，層巒起，狀如駝峰。土人云：遇天陰，雲霧常有香氣，[注二]若蘭桂芬馥。

湯泉瑞靄 在關西八里許。山内有温泉可浴，雖嚴冬沍寒，[注三]其地温暖。陽和充溢之氣如雲烝。[注四]

琴峽清音 關北十五里五鬼山下有彈琴峽。兩山夾峙，下有深潭，遇霪雨連綿，山崖水滴石罅，有聲若調琴然。

雙泉合壁 東山下有兩泉如合壁，水勢迴環，不數武仍合而爲一。康熙五十四年，山水大漲，沙壅，不可復識矣。

玉關天塹 即八達嶺。山勢險峻异常，昔年道不能行車，人不能列騎，殆天塹以限南北也。以上爲居庸八景。

翠屏山 城内東山列翠，儼若畫屏。

金櫃山 即衛城内西山也。山腰建關帝廟。

鳳凰山 關南三里，上有鳳凰墩，故名。

羅漢山 關東五里，群山形狀迭出若羅漢。

[注一]「亡」，原爲「忘」，據上下文意改。

[注二]「香」，原爲空白，據北大圖藏鈔本補。

[注三]「沍」，原爲「江」，據北大圖藏鈔本改。

[注四]「烝」，原爲「承」，據北大圖藏鈔本改。

丫髻山 關南五里，狀如丫髻。

五龜山 關北十五里，俗稱五龜相聚。

壽星山 關北三里，形如壽星。

羊頭山 關北三十里，山形昂背若羊頭。

轉輪山 關北二十里，山勢迴環如轉輪。

天馬山 關南八里，其勢奔騰而下，峙立當途。

駐蹕山 關南二十五里，土人呼爲神仙頭。石壁上刻「駐蹕」二字。舊志云：相傳金章宗曾駐蹕於此。《昌平山水記》：「山之南有栖雲嘯臺，高二丈許。正北有石梯可上。章宗建亭於此。舊傳山下有石床、石釜，今亡。」

香　山 順治年間，工部曹委蒲司官查勘，自關東南烟洞溝起，至北關陳有亮口止，每歲端陽節，差撥什庫二名，采辦香料。地方官量撥夫役，跟隨采取。餘無差累山場，亦并不封禁。

濕餘水，出上谷居庸關東，又東流，過軍都縣南。《水經注》**水南流出關，謂之下口。水流潛伏十許里，重源潛發，積而爲潭，謂之濕餘潭。**《水經注》

朱彝尊曰：〔注一〕「按《後漢書》，王霸爲上谷太守，陳委輸可從温水漕，〔注二〕以省陸轉輸之勢。〔注三〕章懷太子注引《水經注》本，作温餘水。《遼史》順州有温榆河。〔注四〕金更懷柔縣爲温陽，豈盡無據。〔注五〕又昌平多温泉，有流入雙塔河者。温餘之名，竊疑因此。《水經注》既無善本，今人習見坊刻，遂指温字爲濕字之譌，〔注六〕正恐類昔人所云以不悖爲悖也。」

古迹附

賢莊口 後漢時，張孝、張禮兄弟遇盜，相讓就死。賊義，兩釋之。今營汛屬衛，地屬昌平。

鎮龍衛 即今青龍橋。元世建衛於此，東山麓尚有城垣舊基。

仙枕石 上關下。河東有巨石，類枕。勒「仙枕」二字。傍刻吕貢隸書，俗呼爲「仙人枕」。

〔注一〕「尊」，原爲「宗」，據上下文意改。

〔注二、三〕「輸」，原爲「輪」，據《日下舊聞考》改。

〔注四〕「榆」，原爲「餘」，據《日下舊聞考》改。

〔注五〕「盡」，原爲「蓋」，據《日下舊聞考》改。

〔注六〕「濕」，原爲「隰」，據《日下舊聞考》改。

范陽荒石上關下。河邊有巨石，刻一犬吠二鳳。傍又刻「范陽荒石」四字，或好事者爲之，無可考據。

水盆石在上關東山之巔，有石似盆，石刻「燕窩」二字。傳遼蕭太后梳妝處，語屬荒唐。

龍虎臺在居庸關之南，去京師百里。地勢高平如臺，廣二里，袤三里。元時巡幸上都，往還駐蹕之地。

古侯臺故關下。溪之東岸，有石室三層，其户、牖、扇、扉，悉石也。蓋古關之侯臺矣。今亡。

老君堂相傳東北有長春亭三間，東、西廂各三間，以備游憩，今遺迹俱無可考。

六郎影彈琴峽迤北東山懸崖上，勒有影像二人，呼爲「楊六郎影」。按：宋興國、咸平間，北邊以瓦橋關與契丹分界，楊延昭安得至此？無稽之談。不可徵信。